大膽的老婆婆

文：安石榴
圖：蕭雅綺

很久

很久

很久以前……

有一天晚上，
大膽的老婆婆正在包水餃，
她獨自在屋子裡包水餃，
旁邊一個人也沒有。

她包呀，包呀！
她包的是請客用的水餃。

一會兒，
她看到桌子旁邊出現了兩隻腳，
是兩隻好大的腳。

老婆婆並不理會，
一心一意繼續包水餃，
她是為了請客而包水餃。

一會兒，
另外兩隻更大的腳出現了，
更大的腳出現在先前的大腳後面。
老婆婆還是不理會，
繼續包水餃，
她是為了請客而包水餃。

一會兒，
一條長長的尾巴出現了，
尾巴在更大的腳後面。
老婆婆還是不理會，
繼續包水餃，
她是為了請客而包水餃。

一會兒，
一截粗粗的身體出現了，
粗粗的身體就在尾巴前面，
四隻腳的上面。
老婆婆視若無睹，
繼續包水餃，
她是為了請客而包水餃。

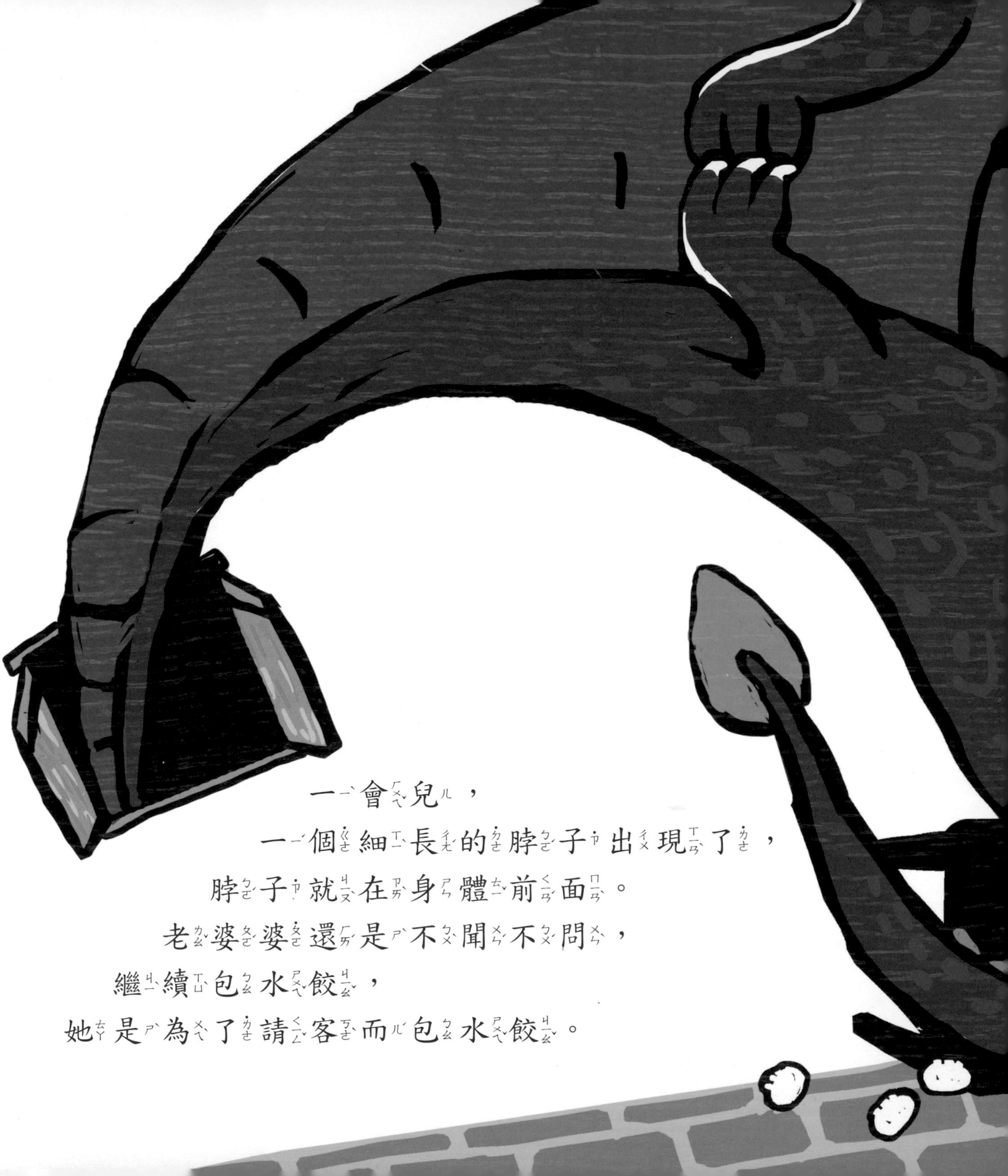

一會兒，
一個細長的脖子出現了，
脖子就在身體前面。
老婆婆還是不聞不問，
繼續包水餃，
她是為了請客而包水餃。

一會兒，
一顆大大的頭出現了，
原來是一條龍。
老婆婆很忙，
仍然假裝沒看見，
繼續包水餃，
她是為了請客而包水餃。

龍張開大大的嘴巴。
老婆婆終於開口問：「你的腳為什麼那麼大呢？」

「為了站穩，為了站穩啊！」
龍簡單的回答。

老婆婆又問：「為什麼要有那樣長的尾巴呢？」

「為了搖擺，為了搖擺啊！」龍毫不猶豫的回答。

老婆婆又問：「為什麼要長那麼粗的身體呢？」

「啊——唔——」龍覺得難為情，無話可答。

老婆婆又問：「長那樣大的嘴巴又是為什麼？」

「為了噴火啊！」

龍大聲回答，

噴出好大一團火焰。

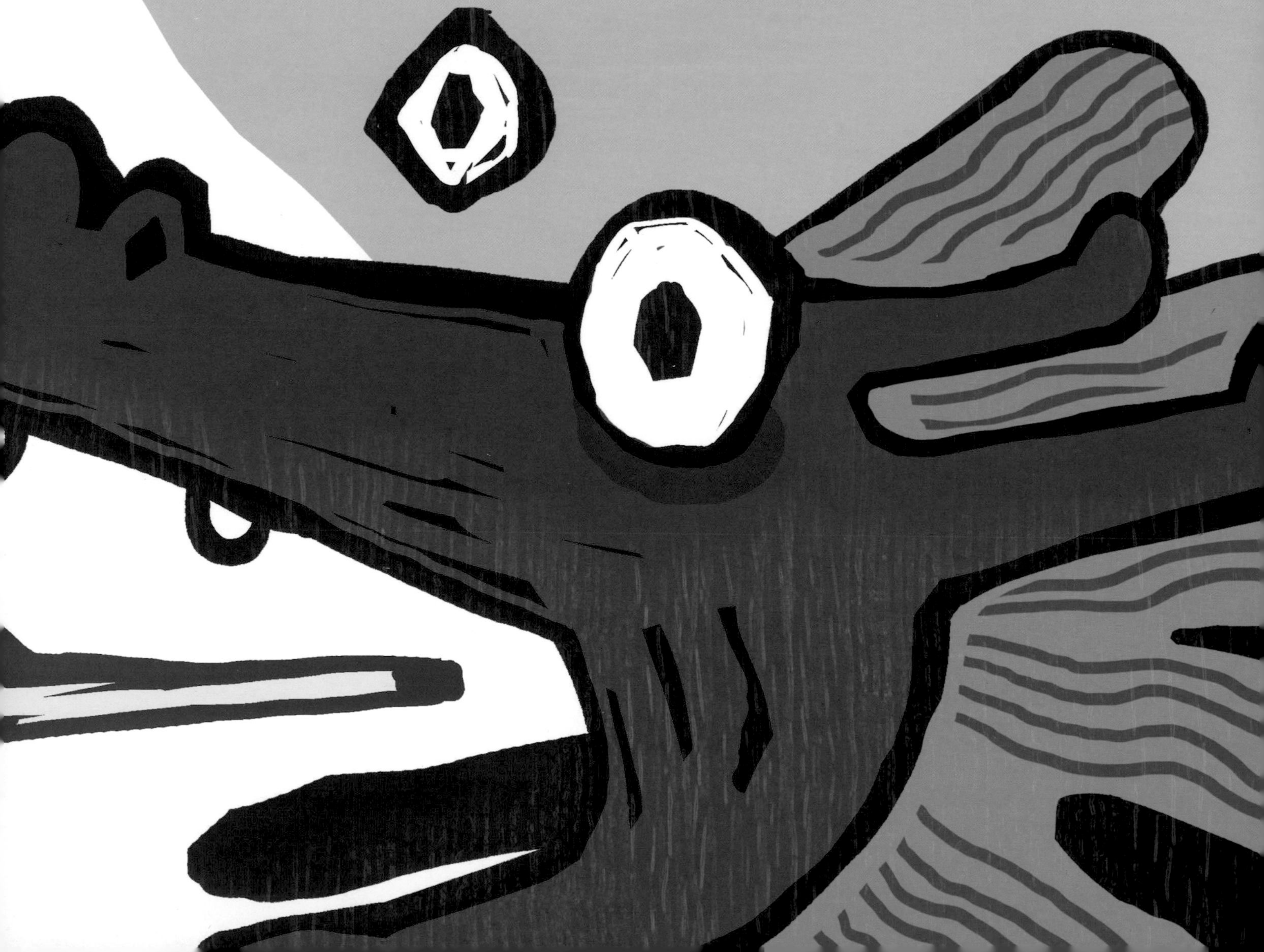

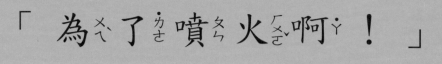

「水餃煮好了。」老婆婆高興的說。
「叮咚！」這時正好傳來門鈴的聲音，客人一個一個走進屋子裡。

老婆婆趕緊說：「多謝這位龍弟弟幫忙煮好水餃。大家餓了吧？都請坐下來用餐！」

龍惡作劇不成，
又來了許多人，
牠想張開大口
再噴一次火。

大家圍著餐桌坐下，
龍也乖乖坐下來當
老婆婆的客人。

龍覺得大家很親切，

於是牠整個晚上都沒再噴火。

晚餐結束後，
客人一一告別回家。
龍最後離開。
牠從窗戶飛走後，
大聲說——

「我ㄨㄛˇ明ㄇㄧㄥˊ年ㄋㄧㄢˊ還ㄏㄞˊ要ㄧㄠˋ再ㄗㄞˋ來ㄌㄞˊ。」

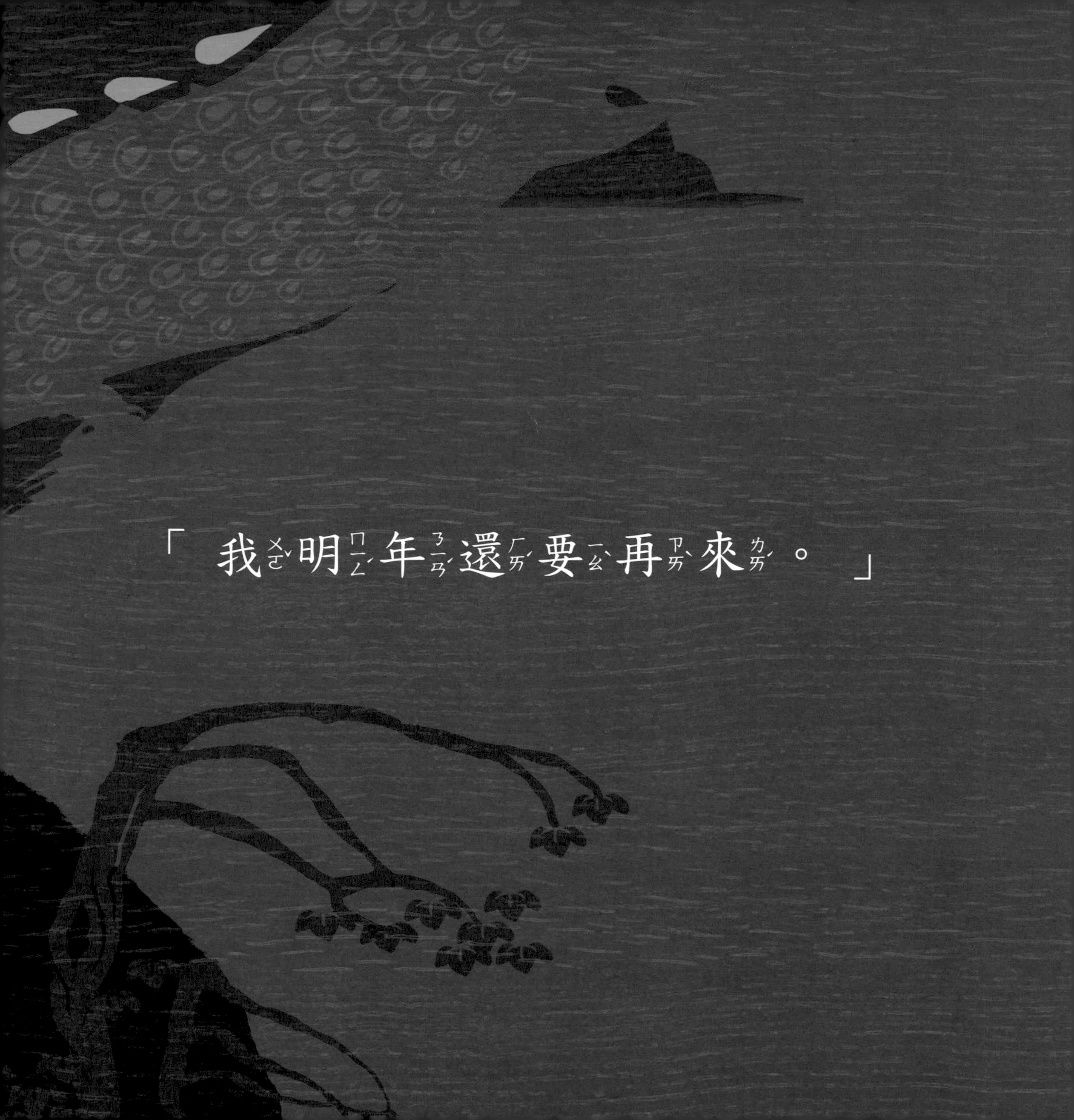